문학과지성 시인선 331

혹독한 기다림
위에 있다

김윤배 시집

문학과지성사

문학과지성사에서 펴낸 김윤배의 시집

강 깊은 당신 편지(1991)
굴욕은 아름답다(1994)
따뜻한 말 속에 욕망이 숨어 있다(1997)
부론에서 길을 잃다(2001)
사당 바우덕이(2004)

문학과지성 시인선 331
혹독한 기다림 위에 있다

펴 낸 날 2007년 3월 9일

지 은 이 김윤배
펴 낸 이 채호기
펴 낸 곳 ㈜문학과지성사

등록번호 제10-918호(1993. 12. 16)
주   소 서울 마포구 서교동 395-2(121-840)
전   화 02)338-7224
팩   스 02)323-4180(편집) 02)338-7221(영업)
전자메일 moonji@moonji.com
홈페이지 www.moonji.com

ⓒ 김윤배, 2007. Printed in Seoul, Korea

ISBN 978-89-320-1767-9

문학과지성 시인선 331

혹독한 기다림 위에 있다

김윤배

2007

시인의 말

세사를 물러나며 서둘러 마련한 거처가
이곳 사흥리이다. 바람 소리와 호반의 끝자락과
소나무 숲과 숲 사이로 보이는 눈부신 햇살과
결코 무겁지 않은 산세가 얼핏 한 풍경을 이루는 곳이다.
이제 세상을 여유 있게 바라볼 수 있겠다 싶다.
지난 5년은 내게 가혹하리만치 거친 시간과의 싸움이었다.
그런 속에서도 더러 시가 내게 와주었던 것이다.
그 시편들을 엮는다.

2007년 봄 安城 詩境齋에서
김윤배

혹독한 기다림 위에 있다

차례

시인의 말

제1부 북제주 조천에서

백령도　9

귀신고래의 노래　10

접어둘 수 있는 이야기　12

아내의 늦은 만가　14

북제주 조천에서　16

레일　17

황제의 미소　18

오래된 삽화　20

비선대 오르는 길 위의 햇살　22

흐르지 않는 강　24

집시의 딸들　26

금강빌리지의 달빛　27

필담　28

설산의 아우야　30

열네 살의 테러리스트　32

살아남은 자　34

제2부 틈입의 꿈

너는 내게 폐허의 제국이었다 39

황무지에 뜨는 달 40

예기치 않은 죽음들 42

황무지에서 황무지로 44

틈입의 꿈 46

전언 47

붉은 눈빛 48

흔적 50

혹독한 기다림 위에 있다 51

가시떨기나무의 길 52

내가 나를 정벌하다 53

내 안의 오보 54

소녀의 몸이 투명하게 빛나다 56

제3부 새와 여인

상처로 상처를 경작하는 59

장고항 60

봉화군 봉성면 달맞이꽃 62

새와 여인 64

헌 집 66

우는 돌 68

어도 여자 70

금광호수 상류에는 72

낮달 74

거진항 가던 날 76

사리의 여름 시간　77

수음의 붉은 시간들　78

찔레꽃　80

삽화, 달빛 엉덩이　81

세상은 아직 돌아오지 않았다　82

씌어지지 않은 시　84

진달래 꽃그늘　85

제4부　몸의 기억

복사꽃 흩날리는　89

풍녕 사내들　90

가을 무주　92

몸의 기억　93

시　94

일몰　95

갯지렁이의 상사　96

굴참나무 숲에 들다　97

시인과 발레리나　98

몸이 시를 관음하다　100

강 울음　101

단양, 강 얼음 속　102

간척지에 내리는 눈　103

소태면의 겨울 이야기　104

영목항 일박　105

해설│폐허를 넘는 늑대의 꿈 · 이숭원　106

제1부 북제주 조천에서

백령도

제 가슴이 저렇지요 장산곶 앞바다로
휘돌아나가는 물목은 늘 해무에 갇혀
안타까웠지요 이곳 백령도 사곶리에서
냉면 사리를 뽑으며 사리원 생각 불 밝히면
빤히 건너다보이는 장산곶, 붉은 피 새로이 돌지요
검푸른 물목 웅웅 우는 인당 물길 위에
아련한 낮달, 청이를 맞고 보내며 늙은 가슴
설레서 날마다 저 붉은 바위 끝에 서서
해무 지켜보지요 지켜보다 해무되지요

귀신고래의 노래

1

나는 그대가 이루어온 진화를 안다
고생대부터 신생대까지 그대 환희의 고통은 빛난다
그때, 그대가 어찌 수억 년 후의 미래를
그리하여 바다 속에서 새끼를 낳아 기르게 될
포유의 희망을 알았을까
앞발에 남아 있는 흙의 부드러운 느낌을
심해 가르는 지느러미로 바꾸고도
대지를 차고 오르던 넓적다리의 넘치는 힘을
살갗 속으로 밀어넣었던 수수억 년
북태평양 깊푸른 그대의 물길
나는 안다

2

베링 해를 거쳐 수만 마일

북태평양 연안에 온몸 담그고
고통의 진화를 꿈꾸는 작은 나라
그곳이 남포이거나 구룡포이거나
그대의 힘찬 물길 본다
그 물길 그대, 귀신고래의 수억 년 전
뭍길이어서 작은 나라 훑고 내려오는
땅속 지느러미 더욱 힘차다
지축 흔들며 북녘에서 남녘으로
혹은 남녘에서 북녘으로
그대 뭍길 물길 터지고
그 뭍길 물길 속으로
낡은 생명들, 진화를 멈춘 이념들
포말처럼 스러지겠다
이 노릇 어찌할까

접어둘 수 있는 이야기
— 정원철 판화전에서*

흑산도를 닮아 무거운 선들
칼날 위에서 붉게 빛나네
조각도 납판 날카롭게 파고들 때마다
꿈틀 살아나는 그녀의 거친 생
칼끝은 그녀 마른 몸 어둠 속에서 더듬어나가며
주름으로 덮인 입술과 콧잔등과 미간 밝히네
눈꼬리로 모여든 굵은 선들 서녘 바다
붉은 노을 놓아주지 않네
시간이 주황 불꽃으로 몸부림치는 수평선
황홀한 순간을 젖무덤 사이 흥건한 땀으로 지켜
보며
납덩이의 무게를 견디었을 그녀
거친 사내들 미더운 정이란 깊고도 저려서
성 다른 씨를 다섯 번이나 받았던 아린 기항지
흑산도는,

겹겹의 선으로 살아나 물목 휘도는 바람뉘
서로를 타고 오르며 신음하네

저토록 신음하는 이쁜 섬이어서 이젠
가슴에 접어둘 수 있네

* 정원철은 판화전 〈접어둘 수 없는 이야기〉에서 납판에 수많은
  슬픈 선들을 새겼다.

아내의 늦은 만가

아내가 따르는 술 한 잔으로
내 따스한 뼛가루 적시며
조국이 우리를 버렸다고 말하지 않으마
조국 땅 숨어들어 온갖 수모로 목숨 버는
조선족, 일당 몇 만 원에 부러지던 내 목뼈
몇 번이고 쇠파이프에 부딪치던 비명
공사판 모래 속으로 스며들어 조용했다
조국은 나를 냉동실, 연고자 없는 시체로
버려두었다 죽어 비로소 얻은 치외법권이었다
세 시간이면 올 수 있는 조국
80일 만에 입국시킨 불법 체류자의 아내
내 유골함 더듬으며
냉동실에 누워 있었을 당신 생각하면
심장이 얼어온다고
영혼이 얼어온다고
푸른 뼈를 부딪쳤다
아내의 눈물 커우베이주로 넘길 때,
내 유골함 더워진다

가벼워진다 누더기, 그런 누더기지만
내 사랑 붉었느니 뼛가루 더 붉어지는
벽제의 어스름, 낯선 땅 잦아드는 늦은
만가, 마침내 아내를 붉게 물들인다

북제주 조천에서

오래된 슬픔 출렁출렁 밀려오는
조천 바닷가, 원혼이라면 동백꽃잎 붉어
차마 입에 올리기 싫은 떼죽음이었다
해 떨어져 어둑해지는데 이미
어둑해진 내가 조천 바닷가 섰다
동백은 조천에서 붉은 꽃잎
드문드문 생각난 듯 진다
생각난 듯 생각난 듯
조천 바닷가에 서면
제주 해협 건너는 떼죽음들
죽어 물살도 없이 헤엄치는 이들
검푸른 물결 일렁이는 동백꽃 이파리들
해협 날아오른다 점점 거칠어지는
바다 울음, 조천 거슬러
한라산 자락 붉게 깔리고
저들의 떼죽음 미리 울어버린
분화구 다시 분출을 꿈꾼다

레일

오슈비엥침* 역으로 드는 레일은
흰색으로 굳어진 영원한 침묵
침묵 속에서 사람들이 꾸역꾸역 걸어나왔다
아이들은 칭얼거리고 어른들은 옷깃 세워
수용소 흐린 불빛 향해 죽음보다 무거운
침묵 밀기 시작했다

그날의 두려운 발소리 살아 눈 위로 솟는다
낡은 역사에서 나는 침묵 밀고 가는 사람들
거친 숨소리 들으며 서 있다 사육제 후 침울한
어둠 속에서 까마귀들 날개 떨며 잠 버리는데
눈 덮인 레일 위로 탐조등 불빛 쏟아져 내린다

평행의 광기와 분노 위에 쏟아지는 차가운 불빛

* 아우슈비츠 수용소가 있는 작은 도시.

황제의 미소

황제*는 자신의 묘비명 보고 싶었다
중신들은 사색이었다 비어 있는 묘비는
유리알 같은 얼굴로 황제를 맞았다
황제는 미소 지으며 묘비로 걸어 들어갔다
중신들은 백성들에게 국장을 알렸다
백성들은 국장 기간에도 고기를 먹고
여자를 뉘었다 황제의 미소는
세월이 지닐수록 더욱 신비로웠다

왕조는 여인의 꿈이 부패하여 무너진다는 것을 알
고 있는 황제는 늘 신선한 여인을 찾아 새 옷고름을
풀었다 지하 궁전이 완성되자 황제는 비어 있는 묘비
명을 손으로 쓸어보았다 빈 시간들이 까칠하게 쓸려
나갔다 백성들이 옳은 것을 옳다 하고 그른 것을 그
르다 할 수 있었다면 내 여인들의 꿈이 부패하지는
않았던 것이야 황제는 지하 궁전으로 내려갔다 국상
은 오십 일이나 계속되었다 국상이 길어지자 비어 있
던 묘비명이 눈물을 흘렸다 묘비명을 떠난 황제의 시

간들은 영영 돌아오지 않았다

* 1620년에 세상을 뜬 명나라 신종.

오래된 삽화

김형, 나 안 취했드래요 아시다시피 내 고향 사북
은 말소리조차 검수다 돌돌거리며 흐르는 검은 개울
물 속에 지금도 처박혀 있는 사진 한 장 기억 나드래
요? 그 사진 한 장의 기억을 잊을 수 없는 기야요 씻
을 수 없는 패배를 앵겨준 그 예펜네의 당당한 모습
을 잊을 수 없는 거외다 그거이 지금도 부끄러운 일
이야요 어용 노조위원장 예펜네를 흥분한 동지들이
쇠기둥에 묶고 린치를 한 거이, 그 예펜네는 린치를
당하면서도 당당했드래요 산발한 머리카락, 흰 샤쓰
위로 흘러내린 붉은 피, 붕긋한 젖무덤 위로 솟아오
른 분노에 찬 유두, 밀려 올라간 윗도리 아래 드러난
자신만만한 복부, 그리고 오랏줄에 묶여 있는 깍지
낀 손의 거만함이라니…… 오 그 증오에 불타는 눈
빛은 지금 생각해도 섬뜩한 일이야요 우리들의 승리
는 그 예펜네 한 사람으로 무너졌드래요 그 예펜네가
우리들의 의거를 무지랭이 막장꾼들의 폭동으로 몰
아가 검은 개울물 속에 처박았드래요 역사가 한순간
에 뒤바뀔 수 있는 거이, 무지랭이들 눈에 대나무 침

처럼 아팠드래요 김형, 한잔 쭉 내시라요 이제는 쐬

주조차 닝닝해져서 세상 맛과 다름없드래요

비선대 오르는 길 위의 햇살

비선대 오르는 계곡 나무들이 먼저 올랐다 층층나
무 뒤에 물푸레나무 그 옆에 모감주나무 옆에 만주고
로쇠나무 뒤에 풍개나무 옆에 느릅나무 뒤에 쪽동백
나무 그 뒤에 붉나무 옆에 생강나무, 생강나무 옆에
누리장나무 뒤에 당단풍나무 뒤에 서어나무, 서어나
무 옆에 자작나무 그 뒤에 노린재나무 옆에 신갈나무
뒤에 굴참나무 옆에 졸참나무, 졸참나무 옆에 박달나
무 뒤에 개옻나무 옆에 황철나무 뒤에 복자기나무,
복자기나무 뒤에 개벚나무 옆에 물오리나무 뒤에 싸
리나무 뒤에 작살나무, 작살나무 뒤에 산뽕나무 옆에
팥배나무 뒤에 피나무 옆에 참회나무, 참회나무 뒤에
벚나무, 벚나무 옆에 우람한 금강소나무,

나무들 저처럼 계곡 먼저 올라
안개 속으로 수액 날려 서로를 찾아 껴안는다

나무 사이를 흐르는 시간의 아름다운 긴장이 눈부
시다

먼저 올라 묵묵해진 고사목들도
부신 듯 눈 한 번 떴다 감는다

얼음처럼 투명한 비선대 오르는 길 위의 햇살

흐르지 않는 강

개마고원을 떠난 원목들
급류 타고 떠내려오고
강안 원목 넘어박히는 소리 둔중하다
멀리 단둥의 공장 지대에서 내뿜는
굴뚝 연기 서로 날고
압록강 철교를 지나는 객차 안
검은 오동잎처럼 침묵하며
하염없이 강물 내려다보는 유민들
가슴에서 물길 더욱 검푸러진다
생아편 밀수 정크 선 조심스럽게 접안하는
강변, 상투 튼 조선 사내 마주 서서
키만 한 톱으로 통나무를 자른다
웃통 벗어젖힌 사내 할아버지의 땅
상주 버리고 만주로 갔다던
내 아버지인지도 모른다
원목 톱밥 수북이 쌓이는
압록강변 풍경, 이제는 잊고 싶은
잊혀지지 않는

한겨레신문 2002년 2월 1일자

빛바랜 사진 한 장

집시의 딸들

유랑의 피가 슬프디슬픈 죄여서
집시의 어린 딸들,
뼈들이 살가죽을
안에서 밖으로 찌르는 살아 있는
미라로 카메라 앵글에 포박되어 있다
집시의 어린 딸들,
볼록한 치골 앙상한 갈비뼈로
연약한 살가죽 들어올려
작은 바람에도 유랑의 선율 터져 나온다
치골 가릴 마른 꽃잎 한 장 없이
수치스러움 견디었는지
병사들 웃음소리 타액으로 묻어 있는
순간의 시침 정지되어 있다
정지된 시간 잔혹한 유혹 전율하며
순례자들 참회랄 수 없는 참회 역겨운데
유랑의 죄 죽음으로도 갚지 못한
집시의 어린 딸들,
수십 년 수용소 붉은 벽을 파고든다

금강빌리지의 달빛

금강빌리지에는 더디게 어둠 온다
남녘 자유 북녘 자유 만나는
철조망은 허술하다 허술한 철조망 고즈넉한
북녘 달 걸려 있다 달은 장전 내항 어두운 불빛에
비릿한 몸 적시고 솟아오르다 외항
흰 파도 더미를 보았나 보다 그 후 생각에 잠긴 달,
철조망 해풍에 녹스는 사이 북녘 달은
주춤주춤 금강산 자락 오른다
달빛으로 보는 금강은 잠들어 있는
큰 짐승이다 큰 짐승 숨 쉴 때마다
치마바위 움직인다 거대한 음각의 이념이
한 치도 움직일 수 없는 치마바위를 달빛이,
생각 많은 북녘 달빛이 움직인다
저 달빛이라면 남녘 바위들도 움직이겠다

필담

최은창 옹은 이미 붉게 물들어 있다
젊은 날 들끓던 그의 피가 서해를
타르처럼 흐르는 것이 보인다

내 쇠가락은 흘려 치는 웃다리지
그 너름에 취해 한평생을 보냈구먼
들큰한 쇳소리에 청상과부도 물동이 던지고 어깨
춤이었던 게야
여덟 살 어린 나이로 남사당패 몸담아 평생 쇠만
두드렸어
암, 숱한 여인네들이 쇳소리에 몸살 앓았지
달맞이꽃 지천이던 진주 남강이던가
새벽 강 안개를 밟다 삵을 내준 여인네는
가슴에서 강물 소리 끌고 가는 꽹과리 소리가
끊이지 않는다며 내 봉두난발 끌어안고 울었지
그런 날이면 쇳소리도 숨죽여 울었어
새벽 강물에 몸을 던지는 달맞이꽃
비명을 듣기는 들었던 것이야

필담은 여기서 끝났다
옹의 검버섯 환한 몸으로 붉고 큰 해 지고 있다
방 안에 누워 있는 평택 평야가 곧 어두워질 것이다

설산의 아우야
── 송기원에게

그가 설산을 배경으로 가부좌를 틀고 있다
그는 선과 악도 없고 취하고 버릴 것도 없는
깨달음 위해 반백 년을 보냈다고 썼다
그럴 것이다 볏가리 옆에서 한 여자가
울고 있는 첫새벽을 나는 알고 있다
울고 있는 것은 그였다 자학과 위악은
그를 버티게 하는 힘이었다
모멸의 순간은 길었으므로
환상은 어둠을 열었다
술과 여자로 문학이 되지 않는 것을
비천한 가계가 문학인 것을
그는 알았다 숨기고 싶은 것들
서러운 것들이 시이고
소설인 것을 그는 알았다
원경도 송담도 청산도
그의 법명 연화도
그가 아닌 것을 나는 안다
가부좌를 틀고 앉아

자신의 몸 안을 훤히 들여다보았다고
탁발을 하며 자신을 세상 사물로 보았다고
깨달음이 오지는 않는다는 걸 나는 안다
내 속에 있는 그를 내가 안다

아우야, 아우야
설산의 아우야

열네 살의 테러리스트

출정 전날 밤 소년은 천국을 보았을 거다
폭탄을 조끼 주머니에 넣어 메고
소년이 다다르기를 원했던 곳은
천국이어서 황홀한 영생을 보았을 거다
열네 살의 테러리스트
후삼 아브도라여
네 작은 몸이 터지는 순간을
홀로 감당할 수 있어
조국 이라크를 폭탄 조끼로 입었을 거다
열네 살 네 몸은 폭발하기 위해
네 작은 손을 기다리고 있었을 거다
떨리는 네 손이 뇌관을 스치면
후삼 아브도라여
너는 백색 섬광 위를 나는
해체된 네 열네 살의 몸들,
찢어진 허벅지 흩어지는 팔
놀라 꿈틀거리며 날아가는 내장
네 비명 들으며 사라지는 귀

네 눈이 한순간 볼 수 있었을 거다
그러나 떨리는 네 손
거기서 멈추었구나
네 조국이 멈추었듯이,
누가 살고 싶다는 너를
배반자라고 말할 수 있겠니

살아남은 자

싸이클론 비*는 척후병이었다 재빠르게 그녀들
아름다웠던 기억의 세포들을 틈입해 들어갔다
기억을 지탱하고 있던
절규를 지탱하고 있던
사랑이 스르르 풀려나갔다
(내가 살아서 그 모습을 보고 있다)
죽음의 향기 이토록 달았던가
그녀들은 미소 지었다
이 아름다운 향기를 떨었던가
그리고 침묵이 찾아왔다
(내가 살아서 그 모습을 보고 있다)
허리 구부정한 유태인 노인 전기 철조망 사이를 걸
어나간다
특집용 TV 카메라가 부지런히 노인을 따라간다

시 속에서 상투화된 가스실의 떼죽음이 나를 괴롭
힌다
문학이 될 수 없는, 시가 되어서는 안 되는 죽음들

시로 쓰면서 나는 운다, 울어야 할 것 같다

* 독가스.

제2부 틈입의 꿈

너는 내게 폐허의 제국이었다

카라코롬, 이동 궁전
오래 머물던 평원은
오월 햇살 가득하다
너는 내게 폐허의 제국이었다
나는 제국의 빈 땅 수줍은 햇살
조심스럽게 밟는다 네게 할 말이 남았던가
카라코롬, 네 영혼의 회랑 휘돌아나가던
강물에 내 오래된 몸을
조공으로 바치고 싶다 허나 몸을 받아줄
제국은 그림자조차 이 땅에 없다
너의 제국을 꿈꾸며 달려왔던
내 생애
한 물굽이를 이룬다
네가 내게 준 말의
폐허 위에
눈부신 햇살은 감당키 어려운 슬픔이다
카라코롬, 내 생애는
너로 하여 적막한 폐허다

황무지에 뜨는 달

고비 사막에 붉은 보름달 오른다
죽음의 색깔은 달빛 위에 있다
비어 있는 색깔, 저 막막한 침묵
고비의 먼 곳으로 늙은 여자의 구음 퍼진다
여자는 붉은 달빛 등지고 신들린 춤사위
사막에 뿌린다 보름달은 여자의 구음으로
조금씩 무너진다 사구의 음영
흐려지고 늙은 여자 격렬하게
몸 흔든다 보름달 더 빠르게
무너진다 고비 사막의 황무한 것들
가시떨기나무와 죽은 말의
강인한 턱뼈와 사막을 가로지르는
타스독수리의 거대한 날개와
붉은 보름달 어둑한 달빛
늙은 여자 몸 흔들릴 때마다
가늘게 눈 뜬다

고비 사막 예기치 않은 개기 월식

밤을 내닫는 말 위에서
몽골 여자들 배란이 시작된다

예기치 않은 죽음들

나는 예기치 않은 죽음 가까이 있는
사막 끝자락을 간다
뼈들 백야를 건너고 있는 고비의 새벽
저 흰 뼈가 낙타의 뼈라면
예기치 않은 낙타의 죽음이
저 검은 뼈가 욜독수리의 뼈라면
예기치 않은 욜독수리의 죽음이
가시떨기나무 사이에서
아무도 모르게 있었던 거다
지난밤 사라진 별들
예기치 않은 죽음을 찾아
나는 모질게 남아 있는
가시떨기나무 가지 헤친다
모래 바람에 잘려나간 가지 끝
혹한 견딘 초록 눈 혹 별의 후신일까
돌산 사이로 백야 밀고 오르는
고비 사막의 아침 해, 주춤거린다
미처 깨어나지 못한 광야의 생명들 본 거다

예기치 않은 죽음의 순간을 건넌

연초록 생명들, 그 연약한 숨소리로

황무한 광야 조금씩 열린다

황무지에서 황무지로

바람은 크고 거칠게 갈기를 세워
대지를 깎아내린다 산맥이 야위고
강이 마르더니 여자가 일찍
생리를 멈춘다 바람은 몽골 여자
태반에 모래를 채워넣지만
태어나는 아이는 볼 붉어
바람 앞에 선다
황무지에서 황무지로
바람의 아이들 달린다 아이들
휘두르는 채찍 소리 날카롭게
빈 하늘 가르고 빈 강 건넌다
아이들 붉은 볼 모래 바람에
유리처럼 금 가고 붉은 노을
고비 사막을 거대한 불길 속으로 던져
바람의 아이들 잔등이 익는다
황무지에서 황무지로
독수리가 날고 죽은 사람의 수의
쓸려가는 한낮, 고비 사막을 말아올린

모래 기둥 빈 하늘 닿을 때

아이들 웃음소리

회갈색 초원을 찢는다

틈입의 꿈

밤새 챙그랑챙그랑 소리를 내던 별들
다투어 흐릿한 사구 넘는다 내 마음은
광활한 초원 끝에 물려 있다 마음에
방향 없으니 길은 사방팔방 내닫는다
수줍은 미소로 초원의 아침 오고
구릿빛 여인들 말을 몰고 나타난다
저 초롱초롱한 눈빛이 길이었다니, 가슴 설렌다
저 젊은 여인 머루알 눈동자 숨어들어
몽고말 같은 사내아이 몇 놈 초원으로
풀어놓을 수 있다면 이쯤서 길 잃겠다
여인들은 사방으로 난 길 긴 휘파람으로
불러들인다 길들은 조용하고 순하다
여인들 하얗게 마른 입술
붉은 혀로 적시고
말고삐를 틀어쥔다 금세,
여인들 뜨거운 숨소리
가슴 가득 차올라 숨 가쁜 사람아

전언

한 여자를 위해 고비 사막

낮은 사구에 시신 말리며

미라로 누워 모래 바람 맞는

사내 있어, 사내의 빗장뼈 환한 슬픔 있어

달빛 저리도 푸르다 사내의 근육들

달빛 아래 아름다운 기억 푸는지

사구 출렁인다 기억은 언제나

시간을 거슬러 빛나지만 땀 밴 근육들의 긴장

여기 고비의 모래 틈으로 스미는 내일이다

사구 넘어 끝없이 불어오는 바람

사내 마른 근육 한 올 한 올

여자 몸속 깊은 오지에

황무한 모래 바람으로 보내노니

붉은 눈빛

백 리 밖에서
느린 걸음으로 오는 어둠 보인다
나는 어둠 속에 웅크린다
재두루미 한 쌍 사구를 차고 올라
서녘 하늘로 사라지고 투명하고 붉은
어둠 속으로 늑대들 떼 지어 움직인다
늑대들은 사구를 가로질러
보르크스 가시나무 숲으로
몸 낮춘다 메마른 사구를
소리 없이 미끄러지던 달빛 멈추어 서고
보르크스 가시나무 덤불 속으로
타오르는 늑대들
붉은 눈빛,
나는 늑대의 붉은 눈빛으로
잿빛 하늘과 맞닿아 있는
침묵의 지평선을 응시한다
어둠으로 어둠을 가는
이글거리는 눈빛, 늑대처럼

두려움 없이 건너고 싶었던
사막이 내게 있었던 거다

흔적

내 가슴 그토록 출렁이며 흐르던 강줄기는
거대한 강의 흔적 소금 적소로 남겼다
나는 소금 적소에 갇혀
생의 황무한 소멸 울었다
상실이란 그런 것이다
오랜 흐름을 멈추며
아프지 않았을 강물은 없어
울음은 폐허의 가슴에 소금꽃으로 솟아오른다
소금꽃은 수십 킬로씩 이어져
그 아픔 얼마나 지독했었는지 말한다
하늘에서 내려다본 몽골 소금강의
흔적은 네가 나를 건너간
희미해진 상처였지만 기어이
가슴 치고 나가는 강물 소리 듣는다

혹독한 기다림 위에 있다

소금밭으로 변한 호수 위에 내가 섰다
수심 깊이 숨어 있던 그리움들의
부활, 너와 나를 종단하던 시간이
순장의 수수만년을 기다려
수정의 모습으로 솟아오르는 현장
흰 소금의 결정으로 부활한 시간 속에
네가 없다 소멸 위에 꽃 핀
참혹한 시간이 있을 뿐
대지는 마지막 한 방울의
물이 스며들기를 기다려
네게로 가는 길을 냈을 거다
시간이 작은 수정의 모습으로 부활하기를
기다렸던 거다 기다림이란 저런 거다
죽은 시간 위에 소금의 결정으로 부활하는 사랑
나는 지금 그 혹독한 기다림 위에 있다

가시떨기나무의 길

몸은 낯선 길 위에 서 있지만
마음은 가시떨기나무에 찔려
가시떨기나무와 함께 간다
바람 난폭하여 오늘은 남서풍
풍향이 가시떨기나무의 길이니
백야의 시간쯤 바이칼 호수 가까이
유랑의 길 쉴 수 있을 거다
저 길을 죽음의 길이라고
말하지 못할 거다 가시떨기나무가
사막의 척박한 땅에 내린 강인한
뿌리를 바람의 날카로운 이빨에
잘리고 떠나는 유랑의 길은
죽어 떠나는 살아 있는 길이다
가시떨기나무의 정처 없는 유랑은
어디를 가도 황무한 땅의
빈 하늘에 닿는다 나는 며칠째
가시떨기나무의 유랑에 들어
중독처럼 황무한 땅을 간다

내가 나를 정벌하다

바람은 중앙아시아를 유린하고
내 황량한 제국까지 내달았을 거다
내 안에 제국이 서고 제국이 쇠망하기를
수만 번 오늘은 욕망의 제국이 서는지
바람의 질주를 응시하고 있는 말들
조용한 움직임 내 안에 감지된다
말들은 바람의 오만한 질주를
말발굽 소리로 견디는 거다
달려온 산맥만큼 달려갈 산맥 아득한
광야를 물끄러미 보고 섰는 말들
갈기를 세워 박차고 나갈 순간을 재는 듯
가끔 머리를 세차게 흔든다
몽골말들 광야를 질주하는 꿈으로
근육 떨 때 말발굽 소리 우박처럼 쏟아지는
내 안의 제국이여
오늘은 내가 나를 정벌하는 거다

내 안의 오보

누구나 마음 한편에
오보를 세우고 산다
기원을 던져도 돌이 되고
욕정을 던져도 돌이 되는
오보의 신비를 누가 알까
오보를 가만히 들여다보면
돌무더기가 아니라
그곳을 스쳐 지나간 사람들
무수한 얼굴이다 사람마다
다른 기원으로 돌의 모양
다르고 오색 천의 펄럭임
다른데 바람인들 어찌
한결같을 수 있었을까
오보에 폭설로 죽은 말의
강인한 턱뼈 희게 빛난다
강인한 것들은 죽어서도
빛으로 남아 바람과 맞서는 오보
내 안의 오보에는

생이 되지 못한 무수한
절망의 뼈 풍화 속에 빛난다

소녀의 몸이 투명하게 빛나다

나는 소녀를 사랑했네
소녀의 마른 혈관 속으로 드나들던
바람과 달빛 사랑했네
소녀의 몸 투명하게 빛나며
시간의 길에 든 지 오래, 사막 채우던
빛과 어둠, 소녀의 몸 통과하며
모래 울음소리 되었네
모래 울음소리는 바람이 스스로를 찢어
시간을 깎는 고통스러운 경배였네
소녀의 뜨겁고 순결한 피가 타클라마칸
거대한 사구를 흘러가는 동안
소녀는 기도를 시작했네 기도는 천 년을
순간으로 만들었네
소녀의 기도는 지상의 사람들을 영원한
안식으로 들게 하는 문이었네
소녀의 오래된 손 붉은 달 잡고 있네
달은 춘수에 들어 모래처럼
소녀의 손 빠져나가네
소녀의 오래된 눈에 눈물 고이네

제3부 새와 여인

상처로 상처를 경작하는

과육 달구던 굽은 가지들 누르고
아우성처럼 일어선 젊은 가지들,
회색빛 하늘 솟구쳐오르는 저 가지들을
반란이라고 말할 수는 없겠지요
저 젊은 풍경들이 내게는 연민이며
그들에게는 열망이어서 이른 봄부터
씨방 부풀려 한 세상 펼치겠지만요
굽은 가지들, 햇살 속에 숨어 있는
수밀의 낯선 말들 다스리던 노역의 기록
어느 등걸에도 남기지 않고
전정의 날카로운 톱날 받는
그날의 순명 넘을 수 있을는지요
상처로 상처를 경작하는
그 깊고 아픈 노래를

장고항

장고항, 안개 흐르며 바다는 무량으로 가고
안개 속에 든 크고 견고한 세월 보이지 않으니
이내 사라질 한 회한이 때로 항심을 가려
노파의 한 세상 안개에 들게 했을 것이다

노파는 굴 따던 호미 접는다
굴 바구니 채우고 있는 은빛 안개
노파의 흐린 한평생 스민다
칠십 몇 해, 이제는 굴껍질 밟는 소리가
오로지 살아 있는 소리라서 노파의 발바닥은
온통 쓰리고 아린 상처투성이다
노파의 힘겨운 걸음 속으로 장고항 기운다
노파는 걸어나온 갯벌 뒤돌아본다
아낙들은 아직도 굴을 찾아 안개 속에 호미를 세
운다
안개가 흐린 얼굴 하나를 갯벌에 묻는다
노파는 고맙구말구 고맙구말구
바다를 향해 혼잣말을 하고는

좁은 접안 도로를 허우허우 걸어간다
어선 몇 척, 노파의 얇은 어깨 위에서 출렁인다

봉화군 봉성면 달맞이꽃

토종 도야지 생고기 타는 냄새 내 반생 넘어왔지요
사람 그리운 정이라니, 소쩍새 우는 밤이면 이곳 봉
성면 등짝 넓은 남정네 몰래 들이고 싶은 시절 견디
기란, 열일곱 머루 덩굴 같은 나이 시외버스 운전기
사와 눈 맞아 새재면 외속리 길 굽이굽이 돌고 돌아
이화령 바람결 같은 살림 차렸던 거지요 열여덟 첫딸
놓자 사내는 칡뿌리 같은 하체 내돌렸지만 용서할 수
있었지요 객지의 기름잠 얼매나 외로웠으면, 나 너
용서한다 그랬지요 이 작자가 둘째 사내아를 놓자 더
덕 향 같은 남정 풍기며 암컷 찾아다닐 때는 용서할
수 없었지요 아이들 다 주고 몸만 나와 굴참나무 도
토리처럼 굴렀심니더 밥장사로 세월을 모아 이곳에
눌러앉았지요 무뚝뚝한 인심이 좋고 남정들 불콰한
웃음 숯불구이로 소주 한잔이면 나는 저 봉명산 옮길
수 있었지요 산 그리메 붉은 소매에 밀어넣고 산을
옮기고 강을 옮기며 봉성면 소재지 떠돌았지요 붉은
강이 붉은 산 받아 장터 바다 목놓아 울던 날이면 흙
비 내려 온통 물난리 그런 물난리였지요 그리 살아도

세월 가고 몸 늙고 붉은 산 붉은 몸으로 붉은 강 건너
는 삶인 것을, 이제사 가슴에 못 품을 산, 못 품을 강
없심니더

새와 여인

여인은 깊은 눈빛을 하고 있다
여인은 오래도록 건너온 강물
조용히 뒤돌아본다
달빛이 말없이 강물 위를 흐른다

나는 천재 시인의 젊은 아내였어요 젊은 천재의 이
십칠 년, 그 미완성을 내 가슴에 묻었지요 아닙니다
그는 천재적인 황홀한 일생을 마쳤습니다 그가 살다
간 이십칠 년은 천재가 완성되어 소멸되는, 충분한
시간이었습니다

가혹한 소멸 건너 언제나 뒤에서 흐르는 강물 같은
사람이 수화입니다 나는 그의 영혼이 빚어내는 색의
완성을 보았습니다 그의 새는 밤마다 내 가슴으로 날
아들어 따스하게 깃들었습니다 저 강물 보이지요?
어느 누구의 가슴에 멈출 수 없는 미완의 물결, 그
물결 위로 날아가는 새 한 마리, 또 한 마리 있어 풍
경은 마침내 완성에 이르지만 우리가 어디서 무엇이
되어 다시 만날 수 있을는지요*

여인은 강물 속으로 걸어 들어간다
여인의 가슴에 깃들었던
새 한 마리 강물 위로 날아오른다

* 시인 이상의 아내였으며 화가인 수화 김환기의 아내였던 김향안
  여사는 2004년 2월 29일 세상을 떠났다.

헌 집

헌 집에는 늙은 개 한 마리가 낡은 마당을 어슬렁
거릴 뿐
후박나무 그림자가 길어져도 문 여닫는 소리가 없다
바람이 혼자 산다
바람처럼 드나드는 그녀는 발소리도 말소리도 없다
바람을 먹고 사는 바람꽃이 찾아오는 날은
그녀를 떠나 있던 물 긷는 소리도 오고
밥그릇 달그락거리는 소리도 온다
헌 집은 소리들, 미세한 소리들로 차고 기운다
후박나무 그림자가 더욱 길어지고
그녀는 후박나무 아래서
바람을 더듬는다 바람의 여린 뼈가 만져진다
그녀는 주름투성이의 입술을 문다
후박나무 잎새들이 검게 변한다
헌 집이 조금씩 산기슭으로 옮겨간다
양지바른 산기슭에 그녀의 새집이
기다리고 있다는 걸 후박나무 그림자는 안다

시간이 조용히 다녀간 헌 집 늙은 개 한 마리 봄볕
에 졸고

바람꽃 찾아와도 물 긷는 소리 들리지 않는다

우는 돌*

그녀는 늙지 않는 하복부를 쓰다듬는다
턱없이 천근만근 밤이기도 했던 하복부,
소리를 들이고 홍조의 시간을
실핏줄 속속들이 뿌렸던 그녀의 하복부
소리를 밸 때마다 터져 흉하지만
늙지 않았다 그녀는 더는 늙지 않는 젖가슴을,
허벅지를, 엉덩이를 아침마다 쓰다듬는다
몸은 온통 달빛으로 차올라 스치기만 해도
꽃물이었으니 크고 아름다운 산을 배기도 하고
깊고 조용한 강물을 배기도 했다
마지막 꽃물은 침묵이었다
만월로 차오르는 침묵은 핏덩이, 핏덩이어서
돌 속으로 실핏줄 깔아나갔다 그녀가 더는
늙지 않는 몸으로 낳은 침묵은
그녀 몰래 우는 거대한 돌이다
우는 돌은 그녀가 낳은 그녀이다
그녀는 우움 아암 오옴,
몸이 스스로 피리 되어

돌 속을 운다, 산줄기를 운다

저 겁 없이 무너지는 차령산맥

* 전위 무용가 홍신자는 안성 죽산에 공연장 〈웃는 돌〉을 열었다.

어도 여자

남자는 팅팅 불어 떠올랐다
젊은 여자 갈대밭을 달려나간다
더러운 소문은 한동안 갯벌을 떠돌았다
어도횟집 간판이 먼 바다를
내다보며 늙어갔다
갈대밭이 조용히 일렁인다
시간이 갈대 사이를 통과하는가 보다
갈대꽃이 환하게 피어오르고
잎들 빠르게 갈색으로 변한다
어도횟집 간판 한쪽이 기운다
끝내 균형을 버리지 않고는
시간의 무게를 감당하기 어려웠을,
갈대꽃이 몇 번이나 피고 졌는지
늙어 다시 나타난 여자
느린 그림으로 갈대밭을 나온다
물속에서 남자가 젊은 여자의 허리를
풀어주지 않았다면 여자에게 갈대밭은 없었을
어도가 육지를 향해 떠난다

늙은 여자 떠나는 어도를 지켜보다
풀썩 주저앉는다

금광호수 상류에는

금광호수 상류에는 조용하고
깊은 부부가 꿩만두를 빚어 판다
부부는 금광호수 물속 같다
남편은 작은 사육장에 가두어놓은 꿩을 잡고
아내는 가슴살 다리살 나누어 회를 뜬다
가끔은 도마를 지나가는 겨울 햇살로
회를 뜨기도 하지만 그런 날은
손가락 끝에서 솟구치는 피를 본다
바람 소리로 빚은 만두가 익을 때
뜨거운 김이 계곡 같은 마음을 채우지만
홀은 언제나 비어 있다 월세로 까먹는 보증금은
아내의 가슴만큼 얇아졌을 것이다
부부는 잘 익은 꿩만두를 앞에 놓고
이 겨울이 너무 길어 목이 멘다 금광호수 한가운데
결빙과 해빙의 경계를 종일토록 넘나들던
청둥오리 떼 울음 속에 부부의 젊은 날들 저물어
물길도 얼음길도 보이지 않는다 계곡 무너뜨리는
칼바람 소리에 놀란 청둥오리 떼 날아오른다

언 호수 위로 수백 수천 겹의 파문이 인다
부부 붉은 가슴으로 번져가는 파문은
오래도록 지워지지 않는다

낮달

산 자들 눈에서 핏물 흐르고
잡이들 어깨가 좁아질 때
모항에는 바다 잃은 배들 돌아와
서로의 선체 쓸어안고 일렁인다
배들은 서로 아무것도 묻지 않지만
산 자들 가슴 깊은 곳에 수궁 세워
그곳에 출항의 억센 근육들 묻기도 하고
더러는 홀여자를 묻어
모항에 남은 아이들 연꽃 가장자리
밟게 했다 산 자의 부름만으로
죽은 자의 마음에 봄꽃 피는지
수장에서 돌아온 어선들
뱃전 부두에 부딪히며 몸부림친다
몇 번이고 실신에서 깨어나는 모항
등성이에 낮게 묻혀 있던 선주
거나하게 취해 선미 잡고 울고
신대나무 푸른 가지에 걸린 낮달
모항 끌어안고 바다로 뛰어든다

일렁이던 배들이 조용해지고
오색 깃발들 검게 변한다

거진항 가던 날

마지막이라고 혼신으로 밀고 가는 삶이 있다
마지막이라고 단 한 번 낮고 높게 가슴 세워
달려와 쓰러지고 울부짖는 삶이 있다
난폭하여 뒤돌아보지 않는 길
마지막이라고
마지막이라고
소리치던 사내, 폭우의 밤을 어찌 견뎠을까
내항은 출어하지 못한 배들로 무겁다
내항으로 쏟아지는 불빛 부여잡고 울던
산맥 같던 사내, 내항은 무너져내린
태백준령 검은 그림자로 가득 차는데
제 가슴 밀고 가던 사내,

동탄 신도시 아파트 공사장 거푸집 헐며
거진항 높은 물길 헐며 출항 꿈꾸는,
거진항 수수만 개의 붉은
눈 꿈에나 보는

사리의 여름 시간

발소리 텅텅 울리는 연화장의 여름은
침묵 속으로 빠져들다 누군가의 곡소리에
놀라 깬다 전광판에는 5번 고로의 고인
냉각 중이라고 흐른다
고인의 체온이 천 도를 넘어
어두웠던 두개골 환해지고
닫았던 동공 열려 보게 된
화엄의 세상, 수백 개의 뼈들
붉은 눈을 떠 슬픔과 고통을 담고 있던
근육들의 기억 황홀하게 보았을,
그도 잠시 화엄의 세상 느리게 닫혀
붉은 뼈들 조용히 눈감고
고인의 잘 익은 시간들
따스한 침묵으로 숨 쉬고 있을
5번 고로, 세사가 고해였으니
사리 또한 없으란 법 없겠다 싶은데
유골함 든 상주 묵묵히 햇볕 속으로 나간다
살아 있는 사리의 여름 시간

수음의 붉은 시간들

만취되어 오른 서산 부석사, 나보다
먼저 얼굴 붉힌다 서해를 향해
오줌발을 뻗치고 있던 부석사는
몸을 부르르 떤다 밤나무 숲에서
젊은 스님 고이춤을 올리며 나타나
계면쩍게 웃는다 스님 몸에서
밤꽃 내음 들큰하다

주지 스님은 술 취한 중생들
선방으로 들인다 주지 스님은
전에 여기에 온 적이 있느냐*고 묻지 않았다
차나 한잔 들게*라고 말하지도 않았다
아랫스님은 작설차를 몇 잔이나 따르며
차나 한잔 드시지요라고 말했다

전생에라도 와본 적이 없는
낯선 절 부석사, 서해로 떨어지는
붉은 해를 향해 세사를 버리던

선사들의 묵언에서도 비릿한

밤꽃 내음 진동했을

수음의 시공을 넘어

절집은 밤마다 바다를 올라타고

짐승처럼 몸부림쳤으리

내가 허물지 못하는 수음의

붉은 시간들, 환희로운

절집의 사람 내음

* 소주선사의 선문답.

찔레꽃

여인이 숨어 살던 강촌을 떠나고 있다
가슴에 품고 떠나는 단강, 발걸음
옮길 때마다 새로운 지류가 시작되어
지류마다 정을 두었던 여인이다
물떼새 초여름 초록 강물 물어 올려
여인의 가슴에 뿌린다 귀엣말처럼 잠기는
십수 년 길 강물에 어룽진다
여인은 쓰러져 잠든 남자를 넘었으나
찔레꽃 그늘 앞에서 머뭇거린다
남자는 알코올 중독 십 년을
여인의 가슴으로 흘려보냈다
남자는 진종일 강물 소릴 들었다
여인의 지류들 무너져내린다

삽화, 달빛 엉덩이

　환속 시인은 용두암을 찾아 소주잔을 비우기 시작했습니다 먼저 취한 것은 용두암이었고 다음에 취한 것은 검푸른 바다였습니다 얼마나 지났는지 한라산이 취해 환속 시인 옆으로 비스듬히 쓰러졌는데 쓰러지는 한라산을 떠받치고 섰느라 환속 시인은 바다로 뛰어드는 일을 잊어버렸습니다 자살 실패 후 환속 시인은 젊은 평론가를 처음 만났습니다 술자리는 사흘째 이어졌습니다 달 밝은 밤이었습니다 두 사람은 홀렁 벗기 시작했습니다 벌거벗은 두 사람은 격정적으로 술잔을 채웠습니다 취한 환속 시인의 눈에 젊은 평론가의 잘생긴 엉덩이가 보이기 시작했습니다 달빛 아래 눈부시게 아름다운 젊은 평론가의 엉덩이는 한라산 계곡을 흐르는 바람이었습니다 검푸른 제주 해협 출렁이고 출렁이는 밤바다였습니다 마침내 두 사람의 눈물이었습니다 그 밤 눈물의 의미를 짚기도 전에 세월 흘러 한 사람은 낙타 발소릴 들으며 달 따러 떠나 아직 돌아오지 않고 한 사람은 고희를 넘겨 만인의 노랠 부르고 있습니다

세상은 아직 돌아오지 않았다

세상은 아직 돌아오지 않았다
나 세상과 함께 돌아오지 않았으니 비어 있는
천수만, 거대한 현실의 부장품으로 누워 있는
저 산맥들 강줄기들 내 가없던 생각들
돌아오지 못한 것들의 중심이 썰물에 머물러 있는
시간, 미명은 출혈도 비명도 궁창을 이룰 뿐
어둠으로 일어선 천수만 침묵 위로
별들 수없이 뛰어내린다 별빛으로 불붙는
천수만 허리가 크게 한 번 휜다
천의 몸으로 밤을 건너는 병이어서
천수만 홀로 몸 뜨거이
구불텅한 산줄기를 세울 때
젖어 붉게 열리는 천수만 위로
동녘 붉은 해 왈칵 세상을 쏟는다
일순 중심을 멀리 두었던 바람이, 숲이 돌아온다
붉은 어둠이었던 나는
수수만 개의 붉은 눈을 떠 세상과 함께
돌아오고 있는 나를 본다

다시 몸살 할 수 있겠다

씌어지지 않은 시
—— 최재봉에게

사내의 지문은 환원 불가의 언어다
지문 채취를 거부한 사내는
아직은 씌어지지 않은 시여서
감추고 있는 지문이 감옥이다
지문 속에 꼭두각시 문양을 음각하려는
음모를 거부한 사내는 경계를 서성인다
생의 아름다운 지도를 숨기고 있는 사내는
아직은 씌어지지 않은 시여서
매일 지문 속으로 수감되고 출감된다
열 손가락 끝에 세상의 빛과 어둠 숨겨
이승 건너고 있는 사내는
아직은 씌어지지 않은 시여서
경계를 서성이다 불심 검문 당하고
어느 날 방송국 출입이 거부되었다
그날 이후 사내의 그늘이 거느린
아직은 씌어지지 않은 시가
더 깊어진다

진달래 꽃그늘

어머니는 갓 지은 유택 내려다보다가
황급히 시선을 옮겼다
능선 따라 진달래 꽃그늘이 매웠다
일용이형 행패는 산역 끝나도록
이어졌다 씨발 나는 김해 김씨 아녀
아버지는 못 들은 척 봉분을 다듬었다
내외 합장 허묘를 마친 아버지는
그날따라 허허 허헛 웃음이 헤프셨다
도박으로 어머니 젊은 복부 같던 논배미 날리고
새벽 대문 들어서며 웃던 그 웃음
어머니는 소름이 돋는다 하셨다
집문서를 내주면서도 울지 않던 어머니는
손재봉틀 내려놓다 목을 꺾었다
그 후 어머니의 입술은 늘 파랗게 질려 있었다
나는 아버지의 허묘 산역 알 듯했다
서둘러 유택 마련한 아버지 가시고
아버지 가시기 전에 일용이형 먼저 갔다
이 봄 어머니의 눈빛이 더 깊고 붉다

제4부 몸의 기억

복사꽃 흩날리는

오래된 몸 서러운 색깔로 물들이는
복사꽃잎, 연분홍에서 진분홍에 이르는
첩첩한 꽃길, 젊은 날 그 길을
그토록 두려워 떨며 걸었던 것이다
한 세상 여는 일이
세미하게 채도 다른
꽃잎 밟는 일인 것을
꽃잎 밟을 때마다 숨 멎는 줄 알았던
묵시의 시간들은 아팠다

이제는 헐거운 마음으로
저 연분홍 꽃잎 가장자리 밟으며
바람 느릿느릿 지나는 조치원에서
한나절 보낼 수 있겠다 복사꽃잎
흩날리는 아름다운 적소 황홀한
꽃길의 자락

풍녕 사내들

속을 알 수 없는 풍녕* 사내들
붉은 몸으로 차를 세운다 나는
차 속에서 몇 시간이고 기다린다
점령군처럼 북방의 밤이 오고
불온한 별들 숲을 이룬다
유목의 들끓는 피 채찍으로 날리며
솜양지꽃 작은 꽃잎 속으로
숨어들고 싶었던 내몽고행
북방의 여름밤은
별들이 숨기고 있던 제국의 전설
쏟아져 내려 더욱 칠흑이다
전설의 길들 피 냄새 묻혀
통정과 배반으로 물들고
살아남은 길은 지상에 빛나
제국이 되거나 죽음이 되었다
길이 길을 거부하는 북방의 밤
사내들은 말이 없고 어둠 속으로 난

내 길 보이지 않는다

* 내몽고 접경의 작은 마을.

가을 무주

가을 무주에 가보라 길들이 계곡을
오르고 능선을 달리며 울먹이지 않던가

동승한 최하림 시인은 그 길 거두려는지
차창으로 달려온 길 묵묵히 뒤돌아본다
고즈넉한 길은 서러움으로 빛날 낯선
지명을 숨겨두어 길 위의 상처는
늘 새롭게 덧났다 시인의 우거에는 저물녘
유리창에 와서 오래도록 머물다 길 떠나는
붉은 시간이 기다리고 있을 것이고, 죽음 같은
고요가 붉은 시간을 두더지처럼 뚫어 길을 내는
회색 풍경이 기다리고 있을 것인데
감나무 군락지 자개리는 누추한 담 그림자
길 위에 덧칠하지 않고 젊은 속도만큼
빠르게 시인의 가슴 스쳐간다

가을 무주에 가보라 느린 길과 빠른 길이
서로를 상처 내며 떠나고 돌아오지 않던가

몸의 기억

몸의 기억은 생각을 앞선다
나는 생각보다 먼저 자판 두드려
말을 만들고 말을 구부려 생각을
들여다본다 말이 탱탱해지고 말이
벌어지고 말이 말속을 파고들어
비명을 지른다 말의 변형으로 시작되는
몸의 기억은 욕망으로 얼룩진다
말들이 서로를 강간하며
길들여지는 몸의 기억으로
나의 욕망은 평생 피 흘린다
쉽게 길들여지는 슬픈 내 몸
광활한 어둠이어서 새들 깃들이고
진흙 소 뚜벅뚜벅 걸어 들어온다
나를 길들인 것들, 쉽게 나를 걸어나갈 때
생각은 언제나 자판 너머 저만치 오고
몸이 먼저 부르는 몸은
절망의 노래로 온다

시

풍경이 가파르게 울었다 풍경 소리는
내 절망하는 뼈끝을 향해 내닫다
명치 근처에서 곤두박질친다
명치는 오래 아파 네 눈빛 처연하게 매달리는데
풍경 소리 내 아픈 명치끝 잡고 일어났다
혈흔 낭자한 풍경 소리, 더는 들리지 않는다
나는 절집 올려다봤다
네가 있던 자리에 거침없이 던진 말의 날 푸르게
빛난다
네 말이 낡아가는 것들에 대한 환유가 아니었다면
내가 어찌 가슴을 치겠는가 내 몸
낡았으므로 네 몸 또한 낡았으리라
오래되어 죄악인 낡은 육신의
절집, 내 안의 절집 허물었다
나는 헐린 네 몸 다시 세운다
몸 안으로 터지는 오래된 풍경 소리
오래되어 어느 음색을 더듬어도
네 영혼 떨려오는

일몰

민속춤을 추던 남방 처녀가
붉은 실 한 도막으로 내 손목을 묶는다
주술 같은 검은 눈 속으로
모래 바람이 불고 있었는지
날카로운 비애가 가슴을 긋고 지나간다
붉은 실 한 도막으로 묶이는 마음이었다면
네 붉은 마음 안 그 많던
반란은?
나는 침묵의 길 돌아와 붉은 실 한 도막으로 너를,
　그리고 나를 만난다 네게 건네지 못했던 먹먹한 말
들 만난다
뜨거운 살 속으로 끝 간 데 없이 퍼져 나가던
네 붉은 눈빛의 길
이제는 돌아갈 수 없는
붉은 실 한 도막의 길

갯지렁이의 상사

내 가슴 갈대밭에는
단단하게 굳어가는 갯벌이 있다
열병으로도, 애원으로도
바다에 이르지 못한 갯지렁이가
만 년 후 자신의 화석지를
굳어가는 갯벌에 파 내려간다
작은 담수호가 생기고
담수호 모기의 유충들
뿔뿔이 달아나는
내 가슴 갈대밭에는
수수억만 톤 지압으로 눈 뜨는
침묵이 있다 침묵처럼 무거운
갯지렁이의 사랑이 있다
바다에 이르지 못한
갯지렁이의 상사가
화석으로 굳어가는
참혹한 시간이 있다

굴참나무 숲에 들다

    굴참나무 숲에 들었다 숲 속은 유월 햇빛 눈부셨다 초록 그늘 속에 까치독사 똬리 틀고 노랑부리새 그늘 비껴 날아갔다 굴참나무들 잎마다 햇빛 채우기 위해 관절 세웠다 굴참나무 가지들 파충류처럼 자랐다 허공 움켜쥐기 위해 뻗어가는 나뭇가지들, 끝없는 욕망과 어둠을 찾아가는 뿌리들 깊이가 닿지 않는 혼돈 보았다 돌연 굴참나무들 나를 노려보고 있다는 걸 알았다 틈입자의 무뢰를 용서하지 못하겠다는 듯, 굴참나무들 불끈불끈 용을 쓰며 나를, 함께 든 바람을 노려보고 있다 바람도 굴참나무 숲이 두려웠다 바람은 굴참나무 가지에 찢겨 쉿쉿 소리를 내며 계곡으로 곤두박질치고 햇빛은 잎맥 속으로 숨어들었다 시간이 숲을 뚫고 지나가자 굴참나무들 조용했다 조용조용 바람이 오고 조용조용 까치독사 풀잎 뉘었다 조용해진 굴참나무 숲, 욕망과 혼돈의 경계 밀어내며 늙어가고 있다 굴참나무 숲처럼 늙어가는 것들은 조용히 그림자를 늘인다

시인과 발레리나

그녀의 발은 힘을 비축하느라
울퉁불퉁 근육 솟아 있었네
체중 들어올리는 애처로운
엄지발가락 때 없이 동백꽃 피웠네
발톱은 토슈즈 속에서
세상처럼 물러나고 있었네
그녀 우아한 비상을 꿈꿀 때
엄지발가락 무서운 중력
처참하게 견디고 있었네
그녀 환호 속에서 통증 내려설 때
발가락마다 울음 환했네
내게 견딜 수 없는 시통 있어
자줏빛 피멍의 말들 풀어놓으며
남몰래 운 일 있었네
시의 두려운 무게 견디지 못해
무릎으로 사물 속 기어가며
지른 비명 있었네
시 속의 고원 오체투지로 순례하다

의미 없이 쓰러진 일 있었네

그것으로 발톱 빠지지 않았네

환호도 탄식도 없었네

몸이 시를 관음하다

내 시가 네 몸을 엿보았다
네 몸 봄 오고 산수유 피고
진달래 물들기 시작했다
강물 부풀어 어느 강심에 마음 던져도
마음 강바닥 닿지 못하는데
봄꽃 지천인 네 붉은 몸 본 내 시
부끄러워 강물 뛰어든다
뛰어드는 내 시편 네 몸이 엿보았는지
봄 강물 위에 육필 시편 뜨겁게 흘러간다
네 몸 붉었으므로 내 시편 붉게 물들어
흐르는데 오, 저 붉게 번지는 강물
네 붉은 몸 강물도 훔쳐보았나 보다
내 시는 강물 어디쯤 흘러
움켜쥐고 있던 세상
풀어놓을 것을 안다
네 몸 꽃그늘 내 시편
문신으로 남았으므로

강 울음

강물 가을볕에 야위어
유속의 순간순간을 우네
강바닥 지천으로 깔린
몽돌에 몸 비비며 낮게 우네
남한강 홀로 깊어져
숨죽여 흐르던 울음
몽돌 속으로 밀어넣네
몽돌에 여린 핏줄 드네
저만한 울음이라면 젊어
서러운 몸 더는 앓지 않겠네

단양, 강 얼음 속

붉은 햇살이 부챗살처럼 접히고
바람 소리 강물결처럼 접히는
단양은, 어두워지던 골목은
접히는 것들의 붉고 검은 빛깔
속에 불꽃 침묵이 있다
젊은 날, 내 여자 조용하게
서럽게 접히던 어깨의 잔잔함이 있다
현기증 나는 교각 위에 내 여자를 올려놓았던
남자를 나는 단양에서, 어두워지는 골목에서 만
난다
골목 안으로 바람의 말들 사라지고 나는 강 상류
단양 철교를 구부리고 있는 핏빛 노을 본다
혹한의 언 강 가르는 내 여자의 짧은 비명 소리
나는 단양을 떠나 단양으로 가고 있다
여자는 강 얼음 속에 아직도 있다

간척지에 내리는 눈

나는 여자 울음소리 위에서
갈대가 간척지를 흔드는 걸 보았다
여자가 울기 전까지만 해도
갈대는 개똥쥐빠귀 투명한 울음을
마른 잎새마다 오색실로 걸고 있었다
여자가 울음을 터뜨리자
갈대는 간척지의 모든 수로를
흔들기 시작했다 수로 끝 겨울 하늘
흔들리며 눈발 쏟아져 내렸다
눈송이들은 작은 종소리로
저물어가는 간척지 덮는다
간척지의 여자 울음 위에
내 저물어가는 몸 위에
쌓이는 무수한 종소리
방파제 너머로 자줏빛 노을 타고
울음 그친 여자 검은 바다로 나간다
붉은 시간 너울에 얹혀 일렁이는
내 암전의 그리움, 그 후
여자 울음을 듣지 못했다

소태면의 겨울 이야기

강 안개로 목계에서 원주 가는 길은
늘 가슴 길이다 가슴에서 가슴으로 낸 길은
갑자기 꺾이거나 구부러져 몇 달씩
슬프거나 아팠다
그 길이 소태면을 관통하고 있다
안개가 낯선 길을 더욱 낯설게 이끌어
어느 날은 험한 산길을 넘기도 했다
산길에는 작은 마을 매달려 있다
마을 입구에는 추운 몇 사람 서성이고
덜 녹은 눈은 겨울 햇빛을 조용히 껴안고 있다
강물 얼어터지는 비명 오래도록 마음 그었다
산맥은 묵묵하여 계곡 어디쯤 사람 냄새 껴안아
따스한 불빛을 내걸는지
너는 소식조차 멀다
언강 푸른 멍 풀리지 않고 있다
목계강은 가슴이 미어지는 강이다

영목항 일박

밤이 되자 포구에는 쇳물 같은 어둠
정박했다 작은 어선들 비스듬히 누워
서산횟집 이층 서산다방 불빛 보며 졸고
강풍은 방파제를 때리고는 뭍으로 내닫는다
나는 흔들리는 달빛 아래
바다를 향해 오랜 시간을 떨며 선다
달빛은 수많은 조각으로 찢겨
파도의 사구에 위태롭게 얹힌다
저처럼 위태롭게 얹혀서도 벙그는 달빛이라면
나 달빛과 불륜에 들어 서산다방
구석진 자리 파리똥 앉은 등피 닦으며
한 살림 차려도 좋으려니
작은 어선들 달빛에 발정 난 듯
서로의 어깨를 껴안고
달빛보다 더 출렁인다

폐허를 넘는 늑대의 꿈

이 숭 원

　성경 창세기 19장은 소돔과 고모라의 멸망에 대한 이
야기다. 여기에는 소돔성에 살고 있는 롯이 나온다. 롯은
하나님의 사자를 영접하여 음식을 제공하고 그들이 소돔
의 폭도들에게 습격당하지 않도록 보호함으로써, 자신이
소돔성에 마지막으로 남은 의인임을 입증한다. 하나님의
사자가 서둘러 떠날 것을 권유하자 롯은 아내와 두 딸을
이끌고 소돔성에서 벗어난다. 무슨 일이 있더라도 뒤를
돌아보거나 들판에 머무르지 말라는 사자의 경고에도 불
구하고 롯의 아내는 소돔성이 멸할 때 뒤를 돌아보았고,
결국 그 자리에서 소금 기둥이 되었다. 훗날 예수는 제자
들에게 이 일을 예로 들며 "롯의 처를 기억하라. 무릇 자
기 목숨을 보존하고자 하는 자는 잃을 것이요 잃는 자는
살리리라"(「누가복음」 17장 32～33절)고 말하였다. 롯의

아내가 하나님의 명령을 어긴 부정한 인물의 표본으로
제시된 것이다.

롯의 아내는 왜 뒤를 돌아본 것일까? 돌아보지 말라는
금기를 어기고 징벌을 받는 설화의 주인공들은 저마다
다른 상황에 놓여 있었다. 장자못 설화의 며느리, 금강산
으로 가려던 울산바위, 오르페우스의 도움으로 지옥에서
나오던 에우리디케 등, 뒤를 돌아봄으로써 일을 그르친
비극의 주인공들은 어떤 마음으로 그 절박한 상황에서
금제의 언약을 어긴 것일까? 미련, 호기심, 삭히지 못한
욕망 등이 이유일까? 제대로 다스리지 못한 헛된 욕망은
결국 하얀 소금 기둥으로 남는 침묵의 형벌로 돌아오는
것인가? 김윤배 시인의 시를 읽으면서 폐허의 소금 기둥
을 떠올린 것은 다음 두 편의 시 때문이다.

　　내 가슴 그토록 출렁이며 흐르던 강줄기는

　　거대한 강의 흔적 소금 적소로 남겼다

　　나는 소금 적소에 갇혀

　　생의 황무한 소멸 울었다

　　상실이란 그런 것이다

　　오랜 흐름을 멈추며

　　아프지 않았을 강물은 없어

　　울음은 폐허의 가슴에 소금꽃으로 솟아오른다

　　소금꽃은 수십 킬로씩 이어져

그 아픔 얼마나 지독했었는지 말한다
하늘에서 내려다본 몽골 소금강의
흔적은 네가 나를 건너간
희미해진 상처였지만 기어이
가슴 치고 나가는 강물 소리 듣는다 ──「흔적」전문

시인의 여행 체험에 바탕을 둔 이 시는 몽골의 소금강을 대상으로 삼고 있다. 아득한 옛날 바다였던 곳이 호수로 막히고 흐르던 강물은 바닥을 드러낸 채 말라붙어 소금의 결정이 흔적으로 남았다. 시인은 적소와 같은 사구에서 "생의 황무한 소멸"을 느낀다. 한때는 수십 킬로미터 이상 이어져 흐르던 강줄기가 이제는 소금꽃의 흔적만 남기고 사라진 광경을 보며, 자연의 거대한 상실이 안겨주는 허무감과 인간의 생도 결국은 이렇게 시간 앞에 붕괴되리라는 예감을 갖는다. 모든 붕괴나 소멸이란 고통을 안겨주는 것. 몇천 년을 흐르던 강물이 멈추는데 아픔이 없었을 리 없다. 그 강물의 아픈 울음이 그냥 사라지지 않고 소금꽃으로 솟아난 것이라고 시인은 상상한다.

우리의 삶도 언젠가는 이처럼 황무한 폐허로 남겨진다는 것은 참으로 견디기 힘든 상상이다. 그러나 눈앞에서 시인을 압도하는 폐허의 제국은 시인을 극도의 허무감으로 몰아간다. 시인은 거기에 맞서 "가슴 치고 나가는 강물 소리"를 들으려 애쓴다. 지금 눈에는 보이지 않으나 아득한 과거 어느 시간 속에 대륙을 가로질러 청청히 흘렀을 강물의 무량한 모습을 떠올리며 폐허가 안겨주는 참혹한 절망의 형벌을 이겨내려 한다. 그것이 생의 허무 앞에서 자신을 지켜가는 거의 유일한 방법이기 때문이다.

> 소금밭으로 변한 호수 위에 내가 섰다
> 수심 깊이 숨어 있던 그리움들의
> 부활, 너와 나를 종단하던 시간이
> 순장의 수수만년을 기다려
> 수정의 모습으로 솟아오르는 현장
> 흰 소금의 결정으로 부활한 시간 속에
> 네가 없다 소멸 위에 꽃 핀
> 참혹한 시간이 있을 뿐
> 대지는 마지막 한 방울의
> 물이 스며들기를 기다려
> 네게로 가는 길을 냈을 거다
> 시간이 작은 수정의 모습으로 부활하기를
> 기다렸던 거다 기다림이란 저런 거다
> 죽은 시간 위에 소금의 결정으로 부활하는 사랑
> 나는 지금 그 혹독한 기다림 위에 있다
> ──「혹독한 기다림 위에 있다」 전문

이 시는 앞의 장면과 유사한 '흔적'의 변형을 포착한 작품이다. 여기서는 시인의 상상적 변용을 통해 절망의 폐허가 기다림에 의한 부활의 공간으로 바뀌었다. 최후의 한 방울까지 증발해버리고 새로 흘러드는 물이라고는 없을 때 호수의 죽음이 온다. 그러기까지 엄청난 시간이 흘렀을 것이다. 호수는 검은 바닥의 황무한 시신을 드러내는 것 대신에 수정처럼 눈부신 소금의 결정을 남겼다. 이것은 우연이 아니라 "수심 깊이 숨어 있던 그리움"이 장려하게 지면으로 돌출한 결과라고 시인은 생각한다. 그냥 주저앉아 검은 폐허로 소멸하는 것을 시인은 절대로 용인할 수가 없다. 이것은 일종의 종교적 부활의 이미지다. 시인의 상상력은 고생대로부터 신생대에 이르는 무량한 시간을 관통하여 죽음이 수정의 모습으로 부활한 장려한 광경을 새롭게 해석한다.

기적이라고 할 수 있는 이런 변환이 가능했던 것은 바로 기다림 때문이다. 기다림은 그리움이며 그리움은 사랑을 의미한다. 호수의 소멸을 수정 눈꽃으로 부활하게 한 것은 시간을 초월한 "혹독한 기다림," 사랑 때문이다. 인간에게 진정한 사랑이라는 것이 존재한다면, 그리하여 사랑에 바탕을 둔 처절한 기다림이 존재한다면 바로 이와 같은 경지에 이르지 않겠느냐고 시인은 비통한 질문을 던지는 듯하다. 아니, 간절한 소망을 되뇌이는지도 모른다. 「혹독한 기다림 위에 있다」라는 제목은 호수의 잔해 위에 남겨진 소금 결정의 양상을 나타낸다기보다는 그것을 지켜보는 시인의 마음 상태를 암시한다. 그만큼 시인은 시간을 초월한 무량무변의 세계에 관심을 갖는다. 그의 시야와 상상력과 목소리는 외로운 서정시인의 나약한 호소와는 달리 넓고 훤칠하고 우렁차다. 그래서 고래 중에서도 60만 년의 생존 역사를 지닌 귀신고래를 노래하는 시도 썼을 것이다.

> 1
> 나는 그대가 이루어온 진화를 안다
> 고생대부터 신생대까지 그대 환희의 고통은 빛난다
> 그때, 그대가 어찌 수억 년 후의 미래를
> 그리하여 바다 속에서 새끼를 낳아 기르게 될
> 포유의 희망을 알았을까
> 앞발에 남아 있는 흙의 부드러운 느낌을
> 심해 가르는 지느러미로 바꾸고도
> 대지를 차고 오르던 넓적다리의 넘치는 힘을
> 살갗 속으로 밀어넣었던 수수억 년
> 북태평양의 깊푸른 그대의 물길
> 나는 안다
>
> 2
> 베링 해를 거쳐 수만 마일

북태평양 연안에 온몸 담그고

고통의 진화를 꿈꾸는 작은 나라

그곳이 남포이거나 구룡포이거나

그대의 힘찬 물길 본다

그 물길 그대, 귀신고래의 수억 년 전

물길이어서 작은 나라 훑고 내려오는

땅속 지느러미 더욱 힘차다

지축 흔들며 북녘에서 남녘으로

혹은 남녘에서 북녘으로

그대 물길 물길 터지고

그 물길 물길 속으로

낡은 생명들, 진화를 멈춘 이념들

포말처럼 스러지겠다

이 노릇 어찌할까   ──「귀신고래의 노래」 전문

　귀신고래는 우리나라 동해안과 남해 지역에 출몰하던 최대 몸길이 약 16미터, 몸무게 45톤에 달하는 대형 고래다. 1970년대 이후 자취를 감추었다가 얼마 전부터 동해안에 나타나기 시작한다는 보도가 나왔다. 이 고래는 북태평양 연안에서 새끼들과 항해를 시작하여 11월 하순에서 2월 상순까지 동해안을 회유하고 남쪽으로 이동한다. 귀신고래란 '귀신처럼 신출귀몰하다'는 의미에서 붙여진 이름이라고 한다. 고래의 진화는 삼엽충의 화석이

발견되는 5억 7천만 년 전 고생대로부터 시작되어, 약 200만 년 전인 신생대 제4기에 현재의 모습과 비슷한 고래가 출현한 것으로 추정하고 있다. 이 시에 나오는 "고생대부터 신생대까지"라든가 "수억 년 후의 미래"라는 말은 이러한 과학적 사실에 기초를 두고 설정되었을 것이다. 여기서 김윤배 시인이 소심한 서정시인의 협애한 상상력에서 벗어나 거시적이고 활달한 상상 세계를 펼치고 있음을 뚜렷이 확인할 수 있다.

시인은 귀신고래의 진화의 역정을 생각하며 그것이 고통과 환희로 얼룩진 것임을 상상한다. 육지에서 바다로 내려온 고래의 조상은 도대체 어떤 연유로 바다로 내려온 것일까? 바다 속에서 포유를 하는 기이한 생태가 정착되기까지 고래가 보여준 진화의 경로는 참으로 다사다난했을 것이다. 그러나 시에는 이 과정이 유연하면서도 자연스러운 묘사로 대치되어 있다. "앞발에 남아 있는 흙의 부드러운 느낌을/심해 가르는 지느러미로 바꾸고" "대지를 차고 오르던 넓적다리의 넘치는 힘을/살갗 속으로 밀어넣"는 이중적인 변신을 시도한 것이다. 대지를 차는 넓적다리를 잃은 대신 심해를 가르는 거대한 지느러미를 얻었으니 그는 푸른 바다에 몸을 담그고 베링 해에서 남쪽 바다까지 대장정을 거듭한다. 시간적으로 웅혼한 진화의 역사를 가진 고래는 공간적으로도 웅대한 규모의 항해를 감행하는 것이다.

이러한 고래의 웅혼 담대한 생태적 기량을 생각하면서 시인은 조국의 안위를 은근히 걱정한다. 남포와 구룡포로 상징되는 이 작은 나라는 지금 "고통의 진화를 꿈꾸"고 있다. 귀신고래가 헤엄쳐가는 이 나라의 물길은 수억 년 전 그대로이고 그 물길을 헤쳐가는 귀신고래의 지느러미 또한 예와 다름없지만, 이 작은 나라는 지금 고통에 찬 변신과 도약을 꿈꾸고 있는 상태다. 시인은 고래의 장엄하고 웅대한 물길을 동경하며 이 작은 나라에 남아 있는 "낡은 생명들, 진화를 멈춘 이념들/포말처럼 스러지"는 것을 상상해본다. 거시적 웅혼한 상상력을 지닌 시인은 조국의 미래에 대해서도 고심하며 귀신고래 같은 웅대한 변화의 물길을 상상해보는 것이다.

금제의 약속을 어기고 소금 기둥이 되거나 바위로 굳어버린 설화의 주인공 마음에는 이루지 못한 욕망의 잔해가 남아 있다고 앞에서 말했다. 사람들은 저마다 가슴속에 "욕망의 제국"(「내가 나를 정벌한다」)을 품고 있다. 어떤 것에 대한 집착이 있고 그것을 이루지 못한 것에 대한 미련과 아쉬움이 있고 자신이 동경하는 것에 대한 그리움이 있다. 미련과 그리움과 삭히지 못한 욕망은 모든 것이 사라진 폐허 위에 다시 새로운 욕망의 제국을 건설한다. 그런 다음에는 욕망의 덧없음을 자인하면서 자신의 제국을 스스로 허물어버리기도 한다.

「내가 나를 정벌한다」에 나와 있는 이러한 줄거리는

시인의 내면에 들끓고 있는 무수한 욕망의 아우성과 그것의 허망한 부서짐을 감지케 한다. 동아시아 초원에서 발상한 몽골 제국의 기마군대는 중앙아시아를 거쳐 서아시아 이슬람 세계까지 가차 없이 정벌하여 역사상 가장 커다란 제국을 건설하였다. 그러나 중국 본토에 원나라를 세운 몽골의 위세는 100년도 가지 않아 쇠퇴하고 말았다. 고생대부터 진화를 거듭해온 고래의 거시적 시간의 척도에서 보면 이 모든 것이 자잘한 인간 욕망의 헛된 흥망성쇠에 지나지 않는 것이다. 성주괴공하는 욕망의 장난 속에 내가 나를 정벌하는 나날은 역사만이 아니라 개인의 내면에도 그대로 나타난다.

백 리 밖에서
느린 걸음으로 오는 어둠 보인다
나는 어둠 속에 웅크린다
재두루미 한 쌍 사구를 차고 올라
서녘 하늘로 사라지고 투명하고 붉은
어둠 속으로 늑대들 떼 지어 움직인다
늑대들은 사구를 가로질러
보르크스 가시나무 숲으로
몸 낮춘다 메마른 사구를
소리 없이 미끄러지던 달빛 멈추어 서고
보르크스 가시나무 덤불 속으로

타오르는 늑대들

붉은 눈빛,

나는 늑대의 붉은 눈빛으로

잿빛 하늘과 맞닿아 있는

침묵의 지평선을 응시한다

어둠으로 어둠을 가는

이글거리는 눈빛, 늑대처럼

두려움 없이 건너고 싶었던

사막이 내게 있었던 거다   ──「붉은 눈빛」 전문

　이 시는 개인의 내면에서 일어나는 심경의 착란과 그 것을 넘어서려는 자아의 욕망을 늑대의 표상으로 나타냈 다. 먼 곳에서 어둠은 천천히 밀려오고 어둠을 넘어 빛을 찾으려는 시인은 몸을 웅크리고 어둠을 응시한다. 주위 는 온통 막막한 사막. 재두루미마저 날아간 텅 빈 사구에 어둠만 가득 차고 어둠 속에 서식하는 늑대들이 떼 지어 움직이는 것이 보인다. 늑대들은 늘 그래왔던 것처럼 가 시나무 숲으로 들어가 몸을 숨기고 숲 사이에 늑대들의 붉은 눈빛만 형형하게 빛난다. 어둠 속에서도 저렇게 빛 나는 눈빛을 인간도 가질 수 있을까? 우리 인간들도 어 둠 속에 잠들지 않고 깨어 있는 의지의 눈빛을, 꺼지지 않는 욕망의 눈빛을 그렇게 내비칠 수 있을까?

　지평선은 잿빛 하늘과 맞닿아 침묵만 지키고 있다. 시

인은 어둠 속에 붉게 빛나는 눈빛과 침묵의 지평선을 함께 응시한다. 그것은 공포의 정경이기도 하다. 그러나 늑대들은 두려움 없이 그 침묵의 어둠을 견딘다. 견딜 뿐만 아니라 그것을 즐긴다. 시인도 그 늑대의 눈빛을 닮고 싶어한다. 욕망의 손길을 따라 두려움 없이 건너야 할 사막이 그에게도 있다. 어찌 그뿐이랴. 너에게도 있고 나에게도 있다. 누구에게나 있는 마음의 사막. 그 사막을 넘고 싶은 충동. 여러 가지 일상의 제약 때문에 뛰어들지 못했던 마음의 사막이 있지 않던가. 하나님의 금제의 명령에도 불구하고 뒤돌아보고 싶었던 아쉬움과 그리움의 잉여지대. 시인은 그것을 생각하며 늑대처럼 두려움 없이 건너고 싶은 사막을 이야기한다. 우리에게 그 사막은 무엇이었던가?

시인은 사막의 종단을 생각하는가? 사막의 저편엔 무엇이 있는가? 안식을 취할 수 있는 오아시스가 있는가? 아마도 그런 것 같다. 그 너머에는 황홀한 꽃길의 꿈이 있는 것 같다. 그렇지 않다면 형형한 늑대의 눈빛으로 폐허의 사막을 건너고자 하지 않을 것이다.

　　오래된 몸 서러운 색깔로 물들이는
　　복사꽃잎, 연분홍에서 진분홍에 이르는
　　첩첩한 꽃길, 젊은 날 그 길을
　　그토록 두려워 떨며 걸었던 것이다

한 세상 여는 일이

세미하게 채도 다른

꽃잎 밟는 일인 것을

꽃잎 밟을 때마다 숨 멎는 줄 알았던

묵시의 시간들은 아팠다

이제는 헐거운 마음으로

저 연분홍 꽃잎 가장자리 밟으며

바람 느릿느릿 지나는 조치원에서

한나절 보낼 수 있겠다 복사꽃잎

흩날리는 아름다운 적소 황홀한

꽃길의 자락   ──「복사꽃 흩날리는」 전문

　연분홍 진분홍 복사꽃잎 떨어지는 길이 있다면 젊은이
에게는 환락의 길로 보일지 모른다. 황홀한 채색의 길이
란 늘 궤도 이탈을 암시하기 때문이다. 피가 뜨거운 청춘
시절에는 환락에 탐닉할까 염려하며 눈부신 꽃길을 경계
의 마음으로 걸을 수밖에 없었을 것이다. 그러나 세상을
산다는 것은, 다시 말해서 나이를 먹는다는 것은, 연분홍
에서 진분홍으로 이어진 유색의 길이 조금씩 채도를 달
리하여 펼쳐지는 공간의 미세한 변이와 같은 것이다. 젊
을 때에는 짙은 진분홍의 길을 걸었다면 나이 들어서는
진홍이 탈색된 낮은 채도의 길을 걷게 될 것이다. 노년에

접어들면 거의 무색에 가까운 길을 걷겠지만 이미 탈색의 궤도에 들어섰기에 짙은 색감의 길도 두려울 것이 없다.

젊을 때에는 꽃잎을 밟는 것이 숨이 멎을 정도의 아픔을 안겨주기도 했지만 이제는 어떤 꽃잎을 밟아도 다치는 것 없을 정도로 경량의 보법을 익혔다. 그러니 "이제는 헐거운 마음으로 / 저 연분홍 꽃잎 가장자리 밟으며" "바람 느릿느릿 지나는" 한나절을 보낼 수 있는 것이다. 남들과 떨어져 혼자 지내는 적소이지만 복사꽃잎 흩날리는 아름다운 꽃길의 자락에 아늑히 안겨 자신을 위해 마련된 고유의 공간인 듯 황홀한 꿈에 잠겨볼 수 있게 된 것이다. 스며드는 바람 따라 혼자 우는 호수의 물소리가 구두 속으로 젖어들면 낡은 구두 속의 물소리가 나를 끌고 가게 되는 그런 동화의 자리에 스스로 서게 된 것이다.

이런 여유 있는 자리에 이르러서도 시인은 자연 친화의 아늑함에 머물지 않고 인생살이의 중요한 국면, 그중에서도 한스러운 애증의 고비에 관심을 갖고 인간의 정한을 이해하고 수용하는 마음의 금도를 가지려 한다.

남자는 팅팅 불어 떠올랐다
젊은 여자 갈대밭을 달려나간다
더러운 소문은 한동안 갯벌을 떠돌았다
어도횟집 간판이 먼 바다를
내다보며 늙어갔다

갈대밭이 조용히 일렁인다
시간이 갈대 사이를 통과하는가 보다
갈대꽃이 환하게 피어오르고
잎들 빠르게 갈색으로 변한다
어도횟집 간판 한쪽이 기운다
끝내 균형을 버리지 않고는
시간의 무게를 감당하기 어려웠을,
갈대꽃이 몇 번이나 피고 졌는지
늙어 다시 나타난 여자
느린 그림으로 갈대밭을 나온다
물속에서 남자가 젊은 여자의 허리를
풀어주지 않았다면 여자에게 갈대밭은 없었을
어도가 육지를 향해 떠난다
늙은 여자 떠나는 어도를 지켜보다
풀썩 주저앉는다   ──「어도 여자」 전문

이 시는 장기간에 걸친 사건 전개 과정을 포함하고 있
다. 그러나 시인은 장황한 서사의 방법을 지양하고 생략
과 압축의 어법을 택하였다. 시간의 순서를 뒤바꾸어가
며 몇 개의 단면만 제시했는데, 그 단층을 통해 사건의
비극적 정황을 충분히 감지할 수 있다.
　어도에서 어도횟집을 운영하던 남자와 여자가 있었다.
어떤 사연에 의해 남자는 물에 빠진 시체가 되어 떠오르

고 그 남자의 젊은 아내는 급히 그곳을 벗어난다. 한때 "더러운 소문"이 떠돌았다고 했으나 구체적인 사건의 전말은 알 길이 없다. 시간이 흘러 소문은 잦아들고 주인 잃은 어도횟집 간판만 퇴색해간다. 계절이 몇 번 바뀌자 간판은 아예 한쪽으로 기울어버린다. 여기에 대해 시인은 "끝내 균형을 버리지 않고는/시간의 무게를 감당하기 어려웠을" 것이라고 적절한 표현을 했다. 아픔을 남긴 사연은 얽힌 시간이 흐를수록 마음의 균형을 유지하기 어려운 법. 오랜 세월이 흘러 젊은 여자는 늙은 여자가 되어 돌아온다. 미련이 있고 아쉬움이 있고 삭히지 못한 욕망의 잔재가 있는 것이다. 마치 유령처럼 "느린 그림으로 갈대밭을 나온다"고 시인은 적었다. 간판마저 내려진 어도횟집을 보며 늙은 여자는 무슨 생각에 잠길까?

시인은 끝부분에 두 사람의 비밀 하나를 알려준다. "물속에서 남자가 젊은 여자의 허리를/풀어주지 않았다면 여자에게 갈대밭은 없었을" 것이라고. 둘 다 동반 자살을 하려고 한 것일까? 여하튼 남자는 죽음을 택했고 여자에게는 살 길을 찾을 기회를 주었다. 남자가 죽음의 길로 이끌지 않았기에 여자의 마음에 회한은 남았지만 살아서 갈대밭과 욕망의 폐허를 다시 보는 시간이 올 수 있었다. 이럴 때 우리는 삶이란 무엇이고 죽음이란 무엇이며 애증이란 무엇인가를 다시 생각하게 된다. 회한에 잠겨 돌아온 여자의 시야에는 그들이 잠시 애환을 나누었던 어도가 육지 쪽으로 떠나는 것처럼 보인다. 여자는 멍한 시선으로 어도를 지켜보다 갈대밭에 풀썩 주저앉고 만다. 영화와 같은 마지막 장면이다. 우리는 이 장면을 통하여 삶의 애증에 대한 시인의 관심을 확인한다. 이제 수묵빛 담색의 자리에서 어떤 색이든 즐길 수 있는 나이가 되었기에 이러한 사연도 담담히 받아들이고 그것으로 무심한 듯 한 편의 시도 엮어낼 수 있는 것이 아닐까? 그러나 그 안에 담긴 사연은 자못 아프다.

헌 집에는 늙은 개 한 마리가 낡은 마당을 어슬렁거릴 뿐
후박나무 그림자가 길어져도 문 여닫는 소리가 없다
바람이 혼자 산다
바람처럼 드나드는 그녀는 발소리도 말소리도 없다
바람을 먹고 사는 바람꽃이 찾아오는 날은
그녀를 떠나 있던 물 긷는 소리도 오고
밥그릇 달그락거리는 소리도 온다
헌 집은 소리들, 미세한 소리들로 차고 기운다
후박나무 그림자가 더욱 길어지고
그녀는 후박나무 아래서
바람을 더듬는다 바람의 여린 뼈가 만져진다
그녀는 주름투성이의 입술을 문다
후박나무 잎새들이 검게 변한다
헌 집이 조금씩 산기슭으로 옮겨간다

양지바른 산기슭에 그녀의 새집이

기다리고 있다는 걸 후박나무 그림자는 안다

시간이 조용히 다녀간 헌 집 늙은 개 한 마리 봄볕에 졸고

바람꽃 찾아와도 물 긷는 소리 들리지 않는다

———「헌 집」전문

이 시는 앞의 시보다 감정을 더 절제한 상태에서 정경
의 외관을 펼쳐냈다. 정경이 전개되는 행간 사이에 어느
노파의 수묵빛 삶이 그려진다. 노파 혼자 사는 헌 집이기
에 드나드는 바람조차 없다. "늙은 개 한 마리가 낡은 마
당을 어슬렁거릴 뿐"이다. "바람이 혼자 산다"고 했는데
이것은 헌 집의 노파를 바람으로 지칭하는 것이면서 바
람 외에는 이 집에 드나드는 존재가 없다는 삶의 극한적
고적감을 나타낸다. 헌 집에서 일어나는 일이란 거동이
느린 그녀가 천천히 물 길어오는 것, 밥그릇 달그락거리
며 생존의 마지막 움직임을 보여주는 그런 것뿐이다. 그
런 소리가 나는 것도 바람꽃 필 때뿐이다. 바람꽃은 여러
가지 종류가 있어서 피는 시기가 일정치 않지만 늦봄에
서 여름까지 피는 것이 일반적이다. 바람꽃이 찾아오는
계절은 노파도 활동하기가 좋은 시절이니 그런 소리가
그나마 들려오는 것이다.

사람은 존재하지 않고 미세한 소리만 존재하는 공간

인식은 독특하다. 후박나무 그늘에서 바람을 더듬는 노파의 손끝에 "바람의 여린 뼈가 만져진다"고 했다. 지상에 잔존할 날이 얼마 남지 않은 앙상한 노파의 손끝에 보이지 않는 바람의 뼈가 감촉되는 장면은 인상적이다. 뼈와 뼈의 만남은 눈에 보이지 않는 바람과 바람의 만남처럼 무로 돌아가는 존재의 귀속성을 알려주는 듯하다.

후박나무 잎새가 검게 변하여 떨어지면 겨울이 온다. 양지바른 산기슭에는 그녀가 기거할 새집이 마련되어 그녀를 기다리고 있다. 후박나무는 헌 집에 드리워지는 죽음의 그림자를 감지한다. 어느덧 해가 지고 겨울이 깊고 또 시간이 지나면 헌 집에 바람처럼 깃들여 살던 주인은 아예 바람이 되고 말 것이다. 그리하여 바람만 남을 것이다. 헌 집에 죽음의 그림자가 스쳐간 것을 시인은 "시간이 조용히 다녀간"이라고 표현했다. 노파가 사라진 공간에 늙은 개만 봄볕에 졸고 바람꽃 찾아오는 계절이 되어도 아무 소리도 들리지 않는다.

이 폐허의 공간은 간판이 퇴락하여 기울던 어도횟집을 연상케 한다. 결국 모든 삶이란 언젠가는 간판이 한쪽으로 기울듯 퇴락하고 소리만 겨우 남았다가 소리마저 사라져 폐허의 지층만 남기는 것. 그 폐허 위에 슬픔의 흔적인 양 소금꽃이라도 피어난다면 다행인 것. 시인은 감정을 절제하며 삶의 정한을 드러내고 있는데 이것에 대한 관심은 마음의 폐허와 통한다. 한쪽에는 어떤 빛깔이

든 다 수용할 수 있다는 여유 있는 달관이 제시되어 있지만, 다른 한쪽에는 마음의 폐허를 감당치 못하여 늑대의 눈빛으로 사막을 넘고자 하는 욕망이 도사리고 있다. 소금 사구 같은 폐허의 절정을 대하게 되면 아득한 과거에 흐르던 생의 강물 소리를 들으려 한다. 무욕의 세계와 채색의 세계 사이에서 동요하며 욕망의 엇갈림을 체험하고 있다.

이 시집은 욕망의 폐허와 폐허를 넘으려는 욕망을 함께 보여주는 보고서이다. 이 다음에 그가 어떤 행로로 접어들지 예측할 능력이 나에게는 없다. 다만 지금까지 그래왔던 것처럼 다음 행선지를 찾아서 최선을 다해 시인의 길을 걸으리라는 점은 분명히 단언할 수 있다. 때로는 사막을 건너는 늑대의 눈빛으로, 때로는 광야를 질주하는 말의 갈기로, 때로는 꽃잎 가장자리 밟는 헐거운 마음으로, 그의 행보는 끝없이 이어질 것이다. ▨